Mini CLÁSICOS

ROMEO Y JULIETA
WILLIAM SHAKESPEARE

Versión de Teresa Broseta

Ilustraciones de Valentí Gubianas

algar
editorial

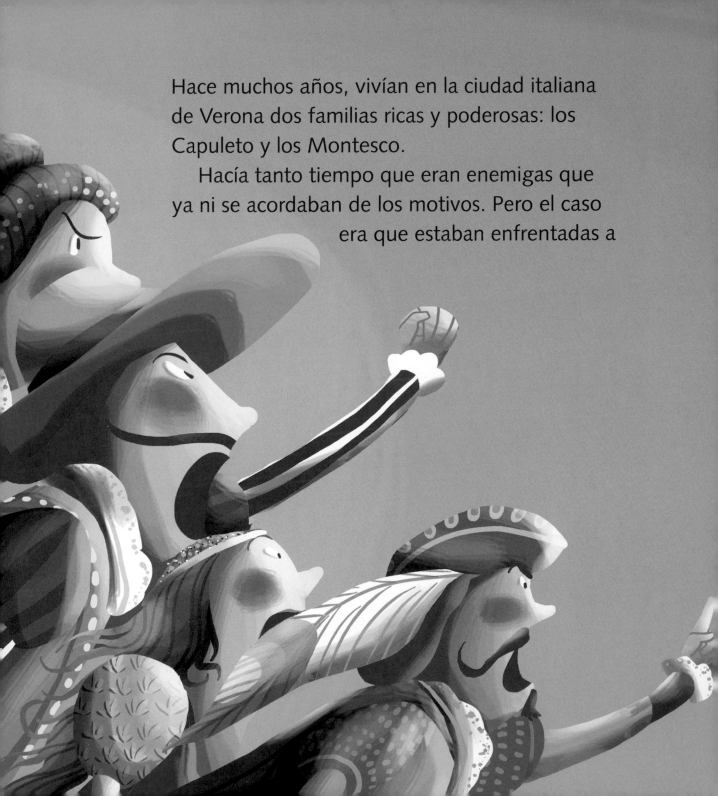

Hace muchos años, vivían en la ciudad italiana de Verona dos familias ricas y poderosas: los Capuleto y los Montesco.

Hacía tanto tiempo que eran enemigas que ya ni se acordaban de los motivos. Pero el caso era que estaban enfrentadas a

muerte y que solían resolver con las armas sus peleas, por pequeñas que fueran.

Romeo Montesco y Julieta Capuleto, los miembros más jóvenes de las dos familias, todavía eran adolescentes. Ellos son los protagonistas de esta triste historia.

El joven Romeo Montesco estaba enamorado de una chica que se llamaba Rosalina y que era pariente lejana de los Capuleto. Era un amor imposible, porque la chica quería ser monja. Romeo solo había compartido su secreto con sus mejores amigos y con Fray Lorenzo, el cura con quien solía confesarse.

Julieta, por su parte, era una jovencita de catorce años que aún no pensaba en el amor. A pesar de todo, el joven y rico Paris ya se había interesado por ella y había pedido su mano a los señores Capuleto.

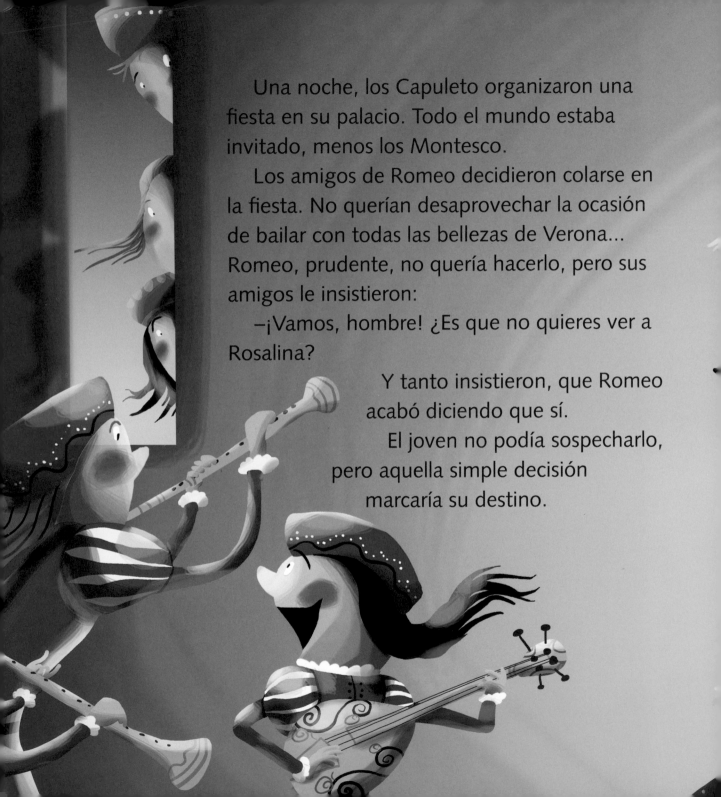

Una noche, los Capuleto organizaron una fiesta en su palacio. Todo el mundo estaba invitado, menos los Montesco.

Los amigos de Romeo decidieron colarse en la fiesta. No querían desaprovechar la ocasión de bailar con todas las bellezas de Verona... Romeo, prudente, no quería hacerlo, pero sus amigos le insistieron:

–¡Vamos, hombre! ¿Es que no quieres ver a Rosalina?

Y tanto insistieron, que Romeo acabó diciendo que sí.

El joven no podía sospecharlo, pero aquella simple decisión marcaría su destino.

Mientras sonaba la música y los invitados bailaban, los ojos de Romeo se encontraron por casualidad con los de Julieta. Ni uno ni otra apartaron la mirada. ¡Se habían enamorado a primera vista!

Los dos jóvenes buscaron la ocasión de estar a solas y compartir a escondidas algunas confidencias. Y lo primero que descubrieron fue que se llamaban Capuleto y Montesco: eran enemigos por herencia familiar.

–¡Qué felices podríamos ser si no fuéramos un Montesco y una Capuleto! –suspiraba él.

–¡Nuestro amor es imposible! –suspiraba ella.

Romeo fue a hablar con Fray Lorenzo.
Necesitaba confesarle de quién se había
enamorado, explicarle por qué aquel amor lo hacía
feliz y desgraciado a la vez.

Al fraile todo aquello no le pareció muy
correcto.

–¿Y qué pasa con Rosalina? –le preguntó–. ¿Ya
no te acuerdas de ella?

Romeo contestó la verdad:

–¡No! ¡Solo Julieta ocupa mi corazón y mi
cabeza! ¡Quiero casarme con ella, padre!

Fray Lorenzo se lo pensó un buen rato. Pero
al ver a Romeo tan seguro de su amor, decidió
ayudarlo.

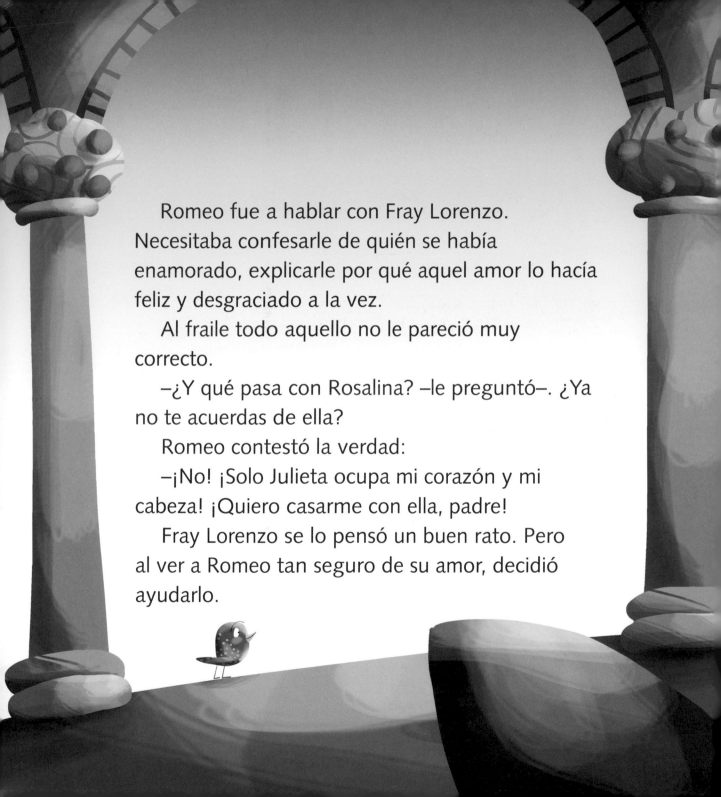

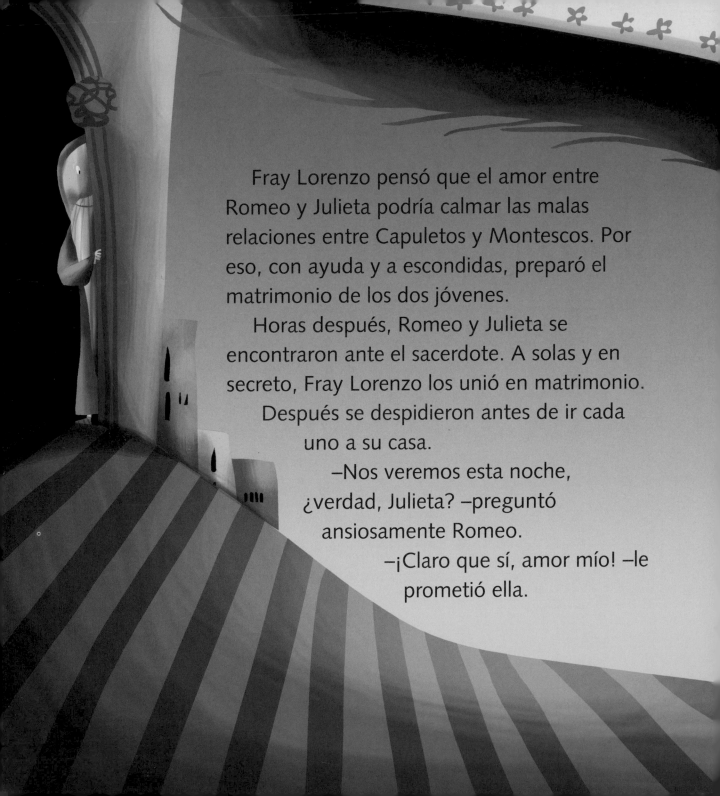

Fray Lorenzo pensó que el amor entre Romeo y Julieta podría calmar las malas relaciones entre Capuletos y Montescos. Por eso, con ayuda y a escondidas, preparó el matrimonio de los dos jóvenes.

Horas después, Romeo y Julieta se encontraron ante el sacerdote. A solas y en secreto, Fray Lorenzo los unió en matrimonio. Después se despidieron antes de ir cada uno a su casa.

–Nos veremos esta noche, ¿verdad, Julieta? –preguntó ansiosamente Romeo.

–¡Claro que sí, amor mío! –le prometió ella.

Aquella misma tarde estalló en la calle una pelea entre partidarios de los Capuleto y de los Montesco. En aquella confusión, un primo de Julieta asesinó al mejor amigo de Romeo.

–¡Venganza! –gritó el joven Romeo.

Y, enfurecido, buscó al criminal entre la multitud y lo mató.

La máxima autoridad de la ciudad, el Príncipe de Verona, se presentó en el lugar de los hechos y castigó a Romeo por su crimen:

–¡Quedas expulsado de Verona! ¡Mañana mismo, al amanecer, saldrás de la ciudad y te irás a Mantua!

A Romeo solo le quedaba una última noche en Verona. Una noche que quería pasar junto a Julieta.

A escondidas, los dos enamorados se encontraron aquella noche en la habitación de Julieta. Lloraron y se lamentaron de su desgraciada suerte, que los obligaba a separarse. Pero también se besaron y se acariciaron y se dijeron todas las palabras de amor que sabían y algunas más.

Al amanecer, cuando empezaban a cantar los pájaros, Romeo y Julieta se dijeron adiós.

Los dos esperaban que aquella separación fuera breve.

Al día siguiente, los padres de Julieta le dijeron:

—Pensamos que ya tienes edad de casarte, hija, y Paris será un buen esposo para ti.

Julieta acudió llorando a Fray Lorenzo y le dijo:

—¡No quiero casarme con Paris! ¡Solo amo y amaré a Romeo! Prefiero morir que vivir sin él.

El cura, emocionado, le dio un brebaje y le explicó:

—Si lo bebes, quedarás como muerta durante algunas horas. Todos creerán que has fallecido. Entonces yo avisaré a Romeo para que vuelva por ti.

La joven bebió la poción y cayó como muerta al suelo.

Lágrimas y gritos llenaron el palacio de los Capuleto. La terrible noticia voló por Verona y más allá, y llegó a oídos de Romeo antes de que Fray Lorenzo pudiera explicarle la verdad.

–¡Si Julieta ha muerto, mi vida ya no tiene sentido! –aulló.

Romeo compró un potente veneno y volvió a Verona. Loco de dolor, atravesó a Paris con su espada. Luego corrió a la capilla donde yacía el cuerpo de Julieta.

Con el corazón roto de pena, Romeo se tomó el veneno que llevaba.

Cuando los efectos de la poción pasaron, Julieta abrió los ojos y vio a Romeo muerto a su lado.

–¡Amor mío!

Notó que el corazón de Romeo no latía. Desesperada, le quitó el puñal que llevaba en la cintura y se lo clavó en el pecho, gritando:

–¡Juntos en la vida y en la muerte!

Toda Verona se conmovió con la triste muerte de los jóvenes enamorados. Los Capuleto y los Montesco, al perder a sus seres queridos, comprendieron que su odio había causado aquella tragedia.

Unidos por la pena, hicieron las paces para siempre.

MIXTO
Papel procedente de
fuentes responsables
FSC® C111592

© Teresa Broseta Fandos, 2015
© Ilustraciones: Valentí Gubianas Escudé, 2015
© Algar Editorial
   Polígono industrial 1 - 46600 Alzira
   www.algareditorial.com
Diseño: Pere Fuster
Impresión: Índice

1ª edición: octubre, 2016
ISBN: 978-84-9142-026-2
DL: V-1911-2016

31901063424289